El Jardín Zoológico

POR JAN PFLOOG

aducido por René V. Sánchez
e Cosmopolitan Translation Bureau

10415

GOLDEN PRESS
Western Publishing Company, Inc.
Racine, Wisconsin

Fourteenth Printing, 1981

Las jirafas esbeltas son más
altas que cualquier otro animal
en el jardín zoológico. Vamos
a ver lo que ellas están mirando.

El pavo real está exhibiendo sus bellas plumas
a su linda amiga, la grulla con corona.

Debe ser muy placentero ser un leopardo

y tener un abrigo tan hermoso.

Un camello con una joroba a veces
se llama dromedario.

Los camellos
bactrianos tienen
dos jorobas.

La madre panda enseña
a su cachorro cómo
trepar a un árbol.

Las rayas marrones del bebé
cebra pronto se volverán
negras como las de su mamá.

El gran pico del tucán es
casi tan largo como el mismo.

Muchos búhos se quedan despiertos
por noche y se duermen por día.

Es una suerte para el yak

no tener que peinar su largo pelo.

Los canguros no corren, ellos saltan.

La madre lleva a su
bebé en una bolsa.

Los pequeños y ágiles monos arañas
usan sus rabos como manos adicionales.

Este afortunado chimpancé
come una banana mientras se mece.

La mamá rinoceronte se imagina
que su bebé es hermoso.

Casi nos olvidábamos del elefante.
He aquí un elefante jovencito.

HOLY FAMILY SCHOOL